DIÁLOGOS

FEDERICO GARCÍA LORCA

LA DONCELLA, EL MARINERO

Y EL ESTUDIANTE

Balcón.

VIEJA. *(En la calle.)* Caracoleeees: Se guisan con hierbabuena, azafrán y hojas de laurel.

DONCELLA. Caracolitos del campo. Parecen amontonados en la cesta una antigua ciudad de la China.

VIEJA. Esta vieja los vende. Son grandes y oscuros. Cuatro de ellos pueden con una culebra.

¡Qué caracoles! Dios mío ¡qué caracoles!

DONCELLA. Déjame que borde. Mis almohadas no tienen iniciales y esto me da mucho miedo. Porque ¿qué muchachilla en el mundo no tiene marcada su ropa?

VIEJA. ¿Cómo es tu gracia?

DONCELLA. Yo bordo en mis ropas todo el alfabeto.

VIEJA. ¿Para qué?

DONCELLA. Para que el hombre que esté conmigo me llame de la manera que guste.

VIEJA. *(Triste.)* Entonces eres una sinvergüenza.

DONCELLA. *(Bajando los ojos.)* Sí.

VIEJA. ¿Te llamarás María, Rosa, Trinidad, Segismunda?

DONCELLA. Y más, y más:

VIEJA. ¿Eustaquia? ¿Dorotea? ¿Genara?

DONCELLA. Y más, más, más...

(La Doncella eleva las palmas de sus manos

palidecidas por el insómnio de las sedas y los

marcadores.

La Vieja huye arrimada a la pared, hacia

su Siberia de trapos oscuros donde agoniza

la cesta llena de mendrugos de pan.)

DONCELLA. A, B, C, D, E, F, G, H, I, J, K, L, M, N, Ñ. Ya está bien. Voy a cerrar el balcón. Detrás de los cristales, seguiré bordando. *(Pausa.)*

LA MADRE. *(Dentro.)* Hija, hija, ¿estás llorando?

DONCELLA. No. Es que empieza a llover.

(Una canoa automóvil llena de banderas

azules, cruza la bahía dejando atrás su

canto tartamudo.

La lluvia pone a la ciudad un birrete de

doctor en Letras. En las tabernas del

puerto comienza el gran carrousel de los

marineros borrachos.)

DONCELLA. *(Cantando.)*

A, B, C, D.

¿Con qué letra me quedaré?

Marinero empieza con M,

y estudiante empieza con E.

A, B, C, D.

MARINERO. *(Entrando.)* Yo.

DONCELLA. Tú.

MARINERO. *(Triste.)* Poca cosa es un barco.

DONCELLA. Le pondré banderas y luces.

MARINERO. Si el capitán quiere. *(Pausa.)*

DONCELLA. *(Afligida.)* ¡Poca cosa es un barco!

MARINERO. Lo llenaré de puntillas bordadas.

DONCELLA. Si mi madre me deja.

MARINERO. Ponte de pie.

DONCELLA. ¿Para qué?

MARINERO. Para verte.

DONCELLA. *(Se levanta.)* Ya estoy.

MARINERO. ¡Qué hermosos muslos tienes!

DONCELLA. De niña monté en bicicleta.

MARINERO. Yo en un delfín.

DONCELLA. También eres hermoso.

MARINERO. Cuando estoy desnudo.

DONCELLA. ¿Qué sabes hacer?

MARINERO. Remar.

(El Marinero toca el acordeón polvoriento y

cansado como un siglo VII.)

ESTUDIANTE. *(Entrando.)* Va demasiado deprisa.

DONCELLA. ¿Quién va deprisa?

ESTUDIANTE. El siglo.

DONCELLA. Estás azorado.

ESTUDIANTE. Es qué huyo..

DONCELLA. ¿De quién?

ESTUDIANTE. Del año que viene.

DONCELLA. ¿No has visto mi cara?

ESTUDIANTE. Por eso me paro.

DONCELLA. No eres moreno.

ESTUDIANTE. Es que vivo de noche.

DONCELLA. ¿Qué quieres?

ESTUDIANTE. Dame agua.

DONCELLA. No tenemos aljibe.

ESTUDIANTE. ¡Pues yo me muero de sed!

DONCELLA. Te daré leche de mis senos.

ESTUDIANTE. *(Encendido.)* Endulza mi boca.

DONCELLA. Pero soy doncella.

ESTUDIANTE. Si me echas una escala viviré esta noche contigo,

DONCELLA. Eres blanco y estarás muy frío.

ESTUDIANTE. Tengo mucha fuerza en los brazos.

DONCELLA. Yo te dejaría si mi madre quisiera.

ESTUDIANTE. Anda...

DONCELLA. No...

ESTUDIANTE. ¿Y por qué no?

DONCELLA. Pues porque no...

ESTUDIANTE. Pe-pe. Anda...

DONCELLA. Pe-pe-pe. No.

(Alrededor de la luna, gira una rueda de

bergantines oscuros. Tres sirenas chapoteando

en las olas, engañan a los carabineros del

acantilado. La Doncella en su balcón piensa

dar un salto desde la letra Z y lanzarse al abismo.

Emilio Prados y Manolito Altolaguirre,

enharinados por el miedo del mar, la quitan

suavemente de la baranda.)

GALLO. Quiquiriqui.

(Sale Buster Keaton con sus cuatro hijos de la mano.)

BUSTER K. ¡Pobres hijitos míos!

(Saca un puñal de madera y los mata.)

GALLO. Quiquiriquí.

BUSTER K. *(Contando los cuerpos en tierra.)* Uno, dos, tres y cuatro.

(Coge una bicicleta y se va.

Entre las viejas llantas de goma y bidones de gasolina,

un negro come su sombrero de paja.)

BUSTER K. ¡Qué hermosa tarde!

(Un loro revolotea en el cielo neutro.)

BUSTER K. Da gusto pasear en bicicleta.

EL BÚHO. Chirri, chirri, chirri, chi.

BUSTER K. ¡Qué bien cantan los pajarillos!

EL BÚHO. Chirrrrrrrrrrrr.

BUSTER K. Es emocionante. *(Pausa.)*

(Buster Keaton cruza inefable los juncos y el campillo de centeno. El paisaje se achica entre las ruedas de la máquina. La bicicleta tiene una sola dimensión. Puede entrar en los libros y tenderse en el horno de pan. La bicicleta de Buster Keaton no tiene el sillón de caramelo, ni los pedales de azúcar, como quisieran los hombres malos. Es una bicicleta como todas, pero la única empapada de inocencia. Adán y Eva correrían asustados si vieran un vaso lleno de agua, y acariciarían en cambio la bicicleta de Keaton.)

BUSTER K. ¡Ay amor, amor!

(Buster Keaton cae al suelo. La bicicleta se le escapa. Corre detrás de dos grandes mariposas grises. Va como loca, a medio milímetro del sueño.)

BUSTER K. *(Levantándose.)* No quiero decir nada. ¿Qué voy a decir?

UNA VOZ. Tonto.

BUSTER K. Bueno. *(Sigue andando.)*

(Sus ojos infinitos y tristes como los de una bestia recién nacida, sueñan lirios, ángeles y cinturones de seda.

Sus ojos que son de culo de vaso. Sus ojos de niño tonto. Que son feísimos. Que son bellísimos. Sus ojos de avestruz. Sus ojos humanos en el equilibrio seguro de la melancolía.

A lo lejos se ve Filadelfia.

Los habitantes de esta urbe ya saben que el

viejo poema de la máquina Singer puede circular entre las grandes rosas de los invernaderos, aunque no podrán comprender nunca

qué sutílisima diferencia poética existe entre una taza de té caliente y otra taza de té frío.)

A lo lejos, brilla Filadelfia.)

BUSTER K. Esto es un jardín.

(Una Americana con los ojos de celuloide viene por la hierba.)

AMERICANA. Buenas tardes.

(Buster Keaton sonríe y mira en gros plan *los zapatos de la dama. ¡Oh qué zapatos! No debemos admitir esos zapatos. Se necesitan las pieles de tres cocodrilos para hacerlos.)*

BUSTER K. Yo quisiera...

AMERICANA. ¿Tiene usted una espada adornada con hoja de mirto?

(Buster Keaton se encoge de hombros y levanta el pie derecho.)

AMERICANA. ¿Tiene usted un anillo con la piedra envenenada?

(Buster Keaton cierra lentamente los ojos y levanta el pie izquierdo.)

AMERICANA. ¿Pues entonces...?

(Cuatro serafines con las alas de gasa celeste, bailan entre las flores. Las señoritas de la ciudad tocan el piano como si montaran en bicicleta. El vals, la luna y las canoas, estremecen el precioso corazón de nuestro amigo.

Con gran sorpresa de todos el otoño ha invadido el jardín, como el agua al geométrico terrón de azúcar.)

BUSTER K. *(Suspirando.)* Quisiera ser un cisne. Pero no puedo aunque quisiera. Porque ¿dónde dejaría mi sombrero? ¿dónde mi cuello de pajaritas y mi corbata de moaré? ¡Qué desgracia!

(Una Joven, cintura de avispa y alto cucuné, viene montada en bicicleta. Tiene cabeza de ruiseñor.)

JOVEN. ¿A quién tengo el honor de saludar?

BUSTER K. *(Con una reverencia.)* A Buster Keaton.

(La joven se desmaya y cae de la bicicleta. Sus piernas a listas tiemblan en el césped como dos cebras agonizantes. Un gramófono decía en mil espectáculos a la vez: «En América, no hay ruiseñores».)

BUSTER K. *(Arrodillándose.)* Señorita Eleonora, ¡perdóneme que yo no he sido! ¡Señorita! *(Bajo.)* ¡Señorita! *(Más bajo.)* ¡Señorita! *(La besa.)*

(En el horizonte de Filadelfia luce la estrella rutilante de los policías.)

$$QUIMERA$$

QUIMERA

Puerta.

ENRIQUE. Adiós.

SEIS VOCES. *(Dentro.)* Adiós.

ENRIQUE. Estaré mucho tiempo en la sierra.

VOZ. Una ardilla.

ENRIQUE. Sí, una ardilla para ti y además cinco pájaros que no los haya tenido antes ningún niño.

VOZ. No, yo quiero un lagarto.

VOZ. Y yo un topo.

ENRIQUE. Sois muy distintos, hijos. Cumpliré los encargos de todos.

VIEJO. Muy distintos.

ENRIQUE. ¿Qué dices?

VIEJO. ¿Te puedo llevar las maletas?

ENRIQUE. No. *(Se oyen risas de niños.)*

VIEJO. Son hijos tuyos.

ENRIQUE. Los seis.

VIEJO. Yo conozco hace mucho tiempo a la madre de ellos, a tu mujer. Estuve de cochero en su casa, pero si te confieso la verdad, ahora estoy mejor de mendigo. Los caballos ¡ja, ja, ja! Nadie sabe el miedo que a mí me dan los caballos. Caiga un rayo sobre todos sus ojos. Guiar un coche es muy difícil. ¡Oh! Es dificilísimo. Si no tienes miedo, no te enteras, y si te enteras, no tienes miedo. ¡Malditos sean los caballos!

ENRIQUE. *(Cogiendo las maletas.)* Déjame.

VIEJO. No, no. Yo por unas monedillas, las más pequeñas que tengas, te las llevo. Tu mujer te lo agradecerá. Ella no tenía miedo a los caballos. Ella es feliz.

ENRIQUE. Vamos pronto. A las seis he de tomar el tren.

VIEJO. ¡Ah, el tren! Eso es otra cosa. El tren es una tontería. Aunque viviera cien años yo no tendría miedo al tren. El tren no está vivo. Pasa y ha pasado... pero los caballos... Mira.

MUJER. *(En la ventana.)* Enrique mío. Enrique. No dejes de escribirme. No me olvides.

VIEJO. ¡Ah, la muchacha! *(Ríe.)* ¿Te acuerdas cómo saltaba las tapias, como se subía a los árboles sólo por verte?

MUJER. Lo recordaré hasta que me muera.

ENRIQUE. Yo también.

MUJER. Te espero. Adiós.

ENRIQUE. Adiós.

VIEJO. No te aflijas. Es tu mujer y te ama. Tú la amas a ella. No te aflijas.

ENRIQUE. Es verdad, pero me pesa esta ausencia.

VIEJO. Peor es otra cosa. Peor es que todo ande y que el río suene. Peor es que haya un ciclón.

ENRIQUE. No tengo gana de bromas. Siempre estás así.

VIEJO. ¡Ja, ja, ja! Todo el mundo y tú el primero cree que lo importante de un ciclón son los destrozos que produce y yo creo todo lo contrario. Lo importante de un ciclón...

ENRIQUE. *(Irritándose.)* Vamos. Van a dar las seis de un momento a otro.

VIEJO. ¿Pues soy el mar?... En el mar...

ENRIQUE. *(Furioso.)* Vamos, he dicho.

VIEJO. ¿No se olvida nada?

ENRIQUE. Todo lo dejo perfectamente organizado. Y además a ti qué te importa. Lo peor del mundo es un criado viejo, un mendigo.

VOZ 1ª. Papá.

VOZ 2ª. Papá.

VOZ 3ª. Papá.

VOZ 4ª. Papá.

VOZ 5ª. Papá.

VOZ 6ª. Papá.

VIEJO. Tus hijos.

ENRIQUE. Mis hijos.

NIÑA. *(En la puerta.)* Yo no quiero la ardilla. Si me traes la ardilla, no te querré. No me traigas la ardilla. No la quiero.

VOZ. Ni yo el lagarto.

VOZ. Ni yo el topo.

NIÑA. Queremos que nos traigas una colección de minerales.

VOZ. No, no, yo quiero mi topo.

VOZ. No, el topo es para mí... *(Riñen.)*

NIÑA. *(Entrando.)* Pues ahora el topo va a ser para mí.

ENRIQUE. ¡Basta! ¡Quedaréis contentos!

VIEJO. Dijiste que eran muy distintos.

ENRIQUE. Sí. Muy distintos. Afortunadamente.

VIEJO. ¿Cómo?

ENRIQUE. *(Fuerte.)* Afortunadamente.

VIEJO. *(Triste.)* Afortunadamente. *(Salen.)*

MUJER. *(En la ventana.)* Adiós.

VOZ. Adiós.

MUJER. Vuelve pronto.

VOZ. *(Lejana.)* Pronto.

MUJER. Se abrigará bien por la noche. Lleva cuatro mantas. Yo en cambio estaré sola en la cama. Tendré frío. Él tiene unos ojos maravillosos; pero lo que yo amo es su fuerza. *(Se desnuda.)* Me duele un poco la espalda. ¡Ah! ¡Si me pudiera despreciar! Yo quiero que él me desprecie... y me ame. Yo quiero huir y que me alcance. Yo quiero que me queme... que me queme.

(Alto.) Adiós, adiós...

Enrique. Enrique... Te amo. Te veo pequeño. Saltas por las piedras. Pequeño. Ahora te podría tragar como si fueras un botón. Te podría tragar, Enrique...

NIÑA. Mamá.

MUJER. No salgas. Se ha levantado un viento frío. ¡He dicho que no!

(Entra.)

(La luz huye de la escena.)

NIÑA. *(Rápida.)* ¡Papáaa! ¡Papáaa! Que me traigas la ardilla. Que yo no quiero los minerales. Los minerales me romperán las uñas. Papáaa.

NIÑO. *(En la puerta.)* No-te-o-ye. No-te-o-ye. No-te-o-ye.

NIÑA. Papá, que yo quiero la ardilla. *(Rompiendo a llorar.)* ¡Dios mío! ¡Yo quiero la ardilla!

Telón

OTROS DIÁLOGOS

DIÁLOGO MUDO DE LOS CARTUJOS

En el patio de la Cartuja pasean los Cartujos vestidos de blanco. Van y vienen entre las zarzas y las malvalocas. Son cinco y son uno.

El Fraile más viejo está mirando una rosa recién abierta. Los demás se acercan delicadamente.

CARTUJO.

¿

CARTUJO.

¡

CARTUJO.

( )

CARTUJO.

...

CARTUJO.

.

    (El Hermano despensero cruza la galería con el manojo de llaves envuelto en algodón.

    En la vidriera de la tarde vuelan los pájaros místicos. La rosa sentenciada tiembla en las manos del más viejo.

    La sombra de las alas del ángelus cubre la superficie católica. Los Frailes se calan sus capuchas y emprenden el camino de la iglesia.)

CARTUJO. *(Andando lentamente.)* .

CARTUJO. *(Detrás.)* .

CARTUJO. *(Detrás.)* .

CARTUJO. *(Detrás.)* .

CARTUJO. *(Detrás.)* .

CARTUJO. *(Detrás.)* .

(Entran.)

(En una esquina del gran refectorio prismático de rumores y ecos difíciles, un chorro de hormigas sube por la pared a los sazonados membrillos del techo.)

DIÁLOGO DE LOS DOS CARACOLES

CARACOL BLANCO.   *(Silencio.)*

(Una Señorita con sombrilla de encajes viene contando sus pasos. Al llegar a un arroyuelo, vacila. Después salta.)

CARACOL NEGRO.
(Silencio.)

(La Rata ha cruzado el río. La Rata mala. La Rata que se come las raicillas tiernas.)

CARACOL BLANCO.   *(Silencio.)*

(La Señorita consulta el olor de los hinojos. La tarde, sin relaciones inteligentes, se derrumba en la calina del horizonte.)

CARACOL NEGRO.
(Silencio.)

(La Rata vuelve a las zarzamoras. Una Voz oscura se deleita pronunciando esta palabra: «zarzamora, zarzamora,

zarzamora».)

CARACOL BLANCO.   *(Pausa.)*

(La Señorita se sienta en el verde ribazo. Ha salido sola porque no se acuerda de los ratones.)

CARACOL NEGRO. *(Sobrecogido.)*   *(Silencio.)*

(En el remanso, sin un pliegue, tiembla fija una nube larga. La Rata va por ella como un pájaro. La Rata mala. El Señor le debiera consentir este abuso.)

CARACOL BLANCO.   *(Silencio.)*

(A nadie le gusta el libro que lee la Señorita. Es tonta. No se da cuenta de que sus montes de azúcar están llenos de hormigas.)

CARACOL NEGRO.   *(Mutis.)*

CARACOL BLANCO. *(En to alto del hinojo.)* ¡Ay!